This Book is Dedicated to Brandon,

Let’s go.

TABLE OF CONTENTS

Chapter 1
The Border

Let's go Brandon. Let's go Brandon.

Let's go Brandon. Let's go Brandon.

Let's go Brandon. Let's go Brandon. Let's go Brandon. Let's go Brandon. Let's go Brandon. Let's go Brandon. Let's go Brandon. Let's go Brandon. Let's go Brandon. Let's go Brandon. Let's go Brandon. Let's go Brandon. Let's go Brandon. Let's go Brandon.

Let's go Brandon. Let's go Brandon.

Let's go Brandon. Let's go Brandon.

Let's go Brandon. Let's go Brandon.

Let's go Brandon. Let's go Brandon.

Let's go Brandon. Let's go Brandon.

Let's go Brandon. Let's go Brandon.

Let's go Brandon. Let's go Brandon.

Let's go Brandon. Let's go Brandon. Let's go Brandon. Let's go Brandon. Let's go Brandon. Let's go Brandon. Let's go Brandon. Let's go Brandon. Let's go Brandon. Let's go Brandon. Let's go Brandon. Let's go Brandon. Let's go Brandon. Let's go Brandon. Let's go Brandon. Let's go Brandon.

Let's go Brandon. Let's go Brandon.

Let's go Brandon. Let's go Brandon.

Let's go Brandon. Let's go Brandon. Let's go Brandon. Let's go Brandon. Let's go Brandon. Let's go Brandon. Let's go Brandon. Let's

go Brandon. Let’s go Brandon. Let’s go Brandon. Let’s go Brandon. Let’s go Brandon. Let’s go Brandon. Let’s go Brandon. Let’s go Brandon. Let’s go Brandon. Let’s go Brandon. Let’s go Brandon. Let’s go Brandon. Let’s go Brandon. Let’s go Brandon. Let’s go Brandon. Let’s go Brandon. Let’s go Brandon. Let’s go Brandon. Let’s go Brandon. Let’s go Brandon.

Let’s go Brandon. Let’s go Brandon. Let’s go Brandon. Let’s go Brandon. Let’s go Brandon. Let’s go Brandon. Let’s go Brandon. Let’s go Brandon. Let’s go Brandon. Let’s go Brandon. Let’s go Brandon. Let’s go Brandon. Let’s go Brandon. Let’s go Brandon. Let’s go Brandon.

Let’s go Brandon. Let’s

go Brandon. Let's go Brandon. Let's go Brandon. Let's go Brandon. Let's go Brandon.

Let's go Brandon. Let's go Brandon.

Let's go Brandon. Let's go Brandon. Let's go Brandon. Let's go Brandon. Let's go Brandon. Let's go Brandon. Let's go Brandon. Let's go Brandon. Let's go Brandon. Let's go Brandon. Let's go Brandon. Let's go Brandon. Let's go Brandon. Let's go Brandon. Let's go Brandon. Let's go Brandon.

Let's go Brandon. Let's go Brandon. Let's go Brandon. Let's go Brandon. Let's go Brandon. Let's go Brandon. Let's go Brandon. Let's

go Brandon. Let's go Brandon. Let's go Brandon. Let's go Brandon. Let's go Brandon. Let's go Brandon. Let's go Brandon. Let's go Brandon. Let's go Brandon. Let's go Brandon. Let's go Brandon. Let's go Brandon. Let's go Brandon. Let's go Brandon. Let's go Brandon. Let's go Brandon. Let's go Brandon. Let's go Brandon.

Let's go Brandon. Let's go Brandon.

Let's go Brandon. Let's go Brandon. Let's go Brandon. Let's go Brandon. Let's go Brandon. Let's go Brandon. Let's go Brandon. Let's go Brandon. Let's go Brandon. Let's go Brandon. Let's go Brandon. Let's go Brandon. Let's go Brandon. Let's go Brandon. Let's go Brandon. Let's go Brandon. Let's go Brandon. Let's go Brandon. Let's

go Brandon. Let's go Brandon. Let's go Brandon. Let's go Brandon. Let's go Brandon. Let's go Brandon. Let's go Brandon. Let's go Brandon. Let's go Brandon.

Let's go Brandon. Let's go Brandon.

Let's go Brandon. Let's go

Brandon. Let's go Brandon.

Let's go Brandon. Let's go Brandon.

Let's go Brandon. Let's go Brandon. Let's go Brandon. Let's go Brandon. Let's go Brandon. Let's go Brandon. Let's go Brandon. Let's go Brandon. Let's go Brandon. Let's go Brandon. Let's go Brandon. Let's go Brandon. Let's go Brandon. Let's go Brandon. Let's go Brandon.

Let's go Brandon. Let's go Brandon. Let's go Brandon. Let's go Brandon. Let's go Brandon. Let's go Brandon. Let's go Brandon. Let's go Brandon. Let's go Brandon. Let's go Brandon. Let's go Brandon. Let's go Brandon. Let's go Brandon. Let's go Brandon. Let's go

Brandon. Let's go Brandon.

Let's go Brandon. Let's go Brandon.

Let's go Brandon. Let's go Brandon. Let's go Brandon. Let's go Brandon. Let's go Brandon. Let's go Brandon. Let's go Brandon. Let's go Brandon. Let's go Brandon. Let's go Brandon. Let's go Brandon. Let's go Brandon. Let's go Brandon. Let's go Brandon. Let's go Brandon. Let's go Brandon. Let's go Brandon.

Brandon. Let's go Brandon.

Let's go Brandon. Let's go Brandon. Let's go Brandon. Let's go Brandon. Let's go Brandon. Let's go Brandon. Let's go Brandon. Let's go Brandon. Let's go Brandon. Let's go Brandon. Let's go Brandon. Let's go Brandon. Let's go Brandon. Let's go Brandon. Let's go Brandon.

Let's go Brandon. Let's go Brandon.

Chapter 2
Energy Costs

Let’s go Brandon. Let’s go Brandon.

Let’s go Brandon. Let’s go Brandon.

Let's go Brandon. Let's go Brandon. Let's go Brandon. Let's go Brandon. Let's go Brandon. Let's go Brandon. Let's go Brandon. Let's go Brandon. Let's go Brandon. Let's go Brandon. Let's go Brandon. Let's go Brandon. Let's go Brandon. Let's go Brandon.

Let's go Brandon. Let's go Brandon.

Let's go Brandon. Let's go Brandon.

Let’s go Brandon. Let’s go Brandon.

Let’s go Brandon. Let’s go Brandon.

Let’s go Brandon. Let’s go Brandon.

Let's go Brandon. Let's go Brandon.

Let's go Brandon. Let's go Brandon.

Let's go Brandon. Let's go Brandon. Let's go Brandon. Let's go Brandon. Let's go Brandon. Let's go Brandon. Let's go Brandon. Let's go Brandon. Let's go Brandon. Let's go Brandon. Let's go Brandon. Let's go Brandon. Let's go Brandon. Let's go Brandon. Let's go Brandon. Let's go Brandon.

Let's go Brandon. Let's go Brandon.

Let's go Brandon. Let's go Brandon.

Let's go Brandon. Let's go Brandon. Let's go Brandon. Let's go Brandon. Let's go Brandon. Let's go Brandon. Let's go Brandon. Let's

go Brandon. Let's go Brandon. Let's go Brandon. Let's go Brandon. Let's go Brandon. Let's go Brandon. Let's go Brandon. Let's go Brandon. Let's go Brandon. Let's go Brandon. Let's go Brandon. Let's go Brandon. Let's go Brandon. Let's go Brandon. Let's go Brandon. Let's go Brandon. Let's go Brandon. Let's go Brandon. Let's go Brandon. Let's go Brandon.

Let's go Brandon. Let's go Brandon. Let's go Brandon. Let's go Brandon. Let's go Brandon. Let's go Brandon. Let's go Brandon. Let's go Brandon. Let's go Brandon. Let's go Brandon. Let's go Brandon. Let's go Brandon. Let's go Brandon. Let's go Brandon. Let's go Brandon.

Let's go Brandon. Let's

go Brandon. Let’s go Brandon. Let’s go Brandon. Let’s go Brandon.
Let’s go Brandon.

Let’s go Brandon. Let’s go Brandon. Let’s go Brandon. Let’s go
Brandon. Let’s go Brandon. Let’s go Brandon. Let’s go Brandon. Let’s
go Brandon. Let’s go Brandon. Let’s go Brandon. Let’s go Brandon.
Let’s go Brandon. Let’s go Brandon. Let’s go Brandon. Let’s go
Brandon. Let’s go Brandon. Let’s go Brandon. Let’s go Brandon. Let’s
go Brandon. Let’s go Brandon. Let’s go Brandon. Let’s go Brandon.
Let’s go Brandon. Let’s go Brandon. Let’s go Brandon. Let’s go
Brandon. Let’s go Brandon. Let’s go Brandon. Let’s go Brandon. Let’s
go Brandon. Let’s go Brandon. Let’s go Brandon. Let’s go Brandon.
Let’s go Brandon. Let’s go Brandon. Let’s go Brandon. Let’s go
Brandon. Let’s go Brandon. Let’s go Brandon. Let’s go Brandon. Let’s
go Brandon. Let’s go Brandon. Let’s go Brandon. Let’s go Brandon.
Let’s go Brandon.

Let’s go Brandon. Let’s go Brandon. Let’s go Brandon. Let’s go
Brandon. Let’s go Brandon. Let’s go Brandon. Let’s go Brandon. Let’s
go Brandon. Let’s go Brandon. Let’s go Brandon. Let’s go Brandon.
Let’s go Brandon. Let’s go Brandon. Let’s go Brandon. Let’s go
Brandon.

Let’s go Brandon. Let’s go Brandon. Let’s go Brandon. Let’s go
Brandon. Let’s go Brandon. Let’s go Brandon. Let’s go Brandon. Let’s

go Brandon. Let's go Brandon. Let's go Brandon. Let's go Brandon. Let's go Brandon. Let's go Brandon. Let's go Brandon. Let's go Brandon. Let's go Brandon. Let's go Brandon. Let's go Brandon. Let's go Brandon. Let's go Brandon. Let's go Brandon. Let's go Brandon. Let's go Brandon. Let's go Brandon. Let's go Brandon.

Let's go Brandon. Let's go Brandon.

Let's go Brandon. Let's go Brandon. Let's go Brandon. Let's go Brandon. Let's go Brandon. Let's go Brandon. Let's go Brandon. Let's go Brandon. Let's go Brandon. Let's go Brandon. Let's go Brandon. Let's go Brandon. Let's go Brandon. Let's go Brandon. Let's go Brandon. Let's go Brandon. Let's go Brandon. Let's go Brandon. Let's go Brandon. Let's

go Brandon. Let's go Brandon. Let's go Brandon. Let's go Brandon. Let's go Brandon. Let's go Brandon. Let's go Brandon. Let's go Brandon. Let's go Brandon.

Let's go Brandon. Let's go Brandon.

Let's go Brandon. Let's go

Brandon. Let's go Brandon. Let's go Brandon. Let's go Brandon. Let's go Brandon. Let's go Brandon. Let's go Brandon. Let's go Brandon. Let's go Brandon. Let's go Brandon. Let's go Brandon. Let's go Brandon. Let's go Brandon. Let's go Brandon. Let's go Brandon. Let's go Brandon. Let's go Brandon. Let's go Brandon. Let's go Brandon. Let's go Brandon.

Let's go Brandon. Let's go Brandon.

Let's go Brandon. Let's go Brandon. Let's go Brandon. Let's go Brandon. Let's go Brandon. Let's go Brandon. Let's go Brandon. Let's go Brandon. Let's go Brandon. Let's go Brandon. Let's go Brandon. Let's go Brandon. Let's go Brandon. Let's go Brandon. Let's go Brandon.

Let's go Brandon. Let's go Brandon. Let's go Brandon. Let's go Brandon. Let's go Brandon. Let's go Brandon. Let's go Brandon. Let's go Brandon. Let's go Brandon. Let's go Brandon. Let's go Brandon. Let's go Brandon. Let's go Brandon. Let's go Brandon. Let's go Brandon. Let's go

Brandon. Let's go Brandon.

Let's go Brandon. Let's go Brandon.

Let's go Brandon. Let's go Brandon. Let's go Brandon. Let's go Brandon. Let's go Brandon. Let's go Brandon. Let's go Brandon. Let's go Brandon. Let's go Brandon. Let's go Brandon. Let's go Brandon. Let's go Brandon. Let's go Brandon. Let's go Brandon. Let's go Brandon. Let's go Brandon. Let's go Brandon. Let's go Brandon.

Let's go Brandon. Let's go Brandon.

Let's go Brandon. Let's go Brandon.

Let's go Brandon. Let's go Brandon. Let's go Brandon. Let's go Brandon. Let's go Brandon. Let's go Brandon. Let's go Brandon. Let's go Brandon. Let's go Brandon. Let's go Brandon. Let's go Brandon. Let's go Brandon.

Let’s go Brandon. Let’s go Brandon.

Let’s go Brandon. Let’s go Brandon. Let’s go Brandon. Let’s go Brandon. Let’s go Brandon. Let’s go Brandon. Let’s go Brandon. Let’s go Brandon. Let’s go Brandon. Let’s go Brandon. Let’s go Brandon. Let’s go Brandon. Let’s go Brandon. Let’s go Brandon. Let’s go Brandon. Let’s go Brandon.

Let’s go Brandon. Let’s

go Brandon. Let's go Brandon. Let's go Brandon. Let's go Brandon. Let's go Brandon. Let's go Brandon. Let's go Brandon. Let's go Brandon. Let's go Brandon. Let's go Brandon. Let's go Brandon. Let's go Brandon. Let's go Brandon. Let's go Brandon. Let's go Brandon. Let's go Brandon.

Chapter 3
Unemployment

Let's go Brandon. Let's go Brandon.

Let's go Brandon. Let's go Brandon.

Let’s go Brandon. Let’s go Brandon. Let’s go Brandon. Let’s go Brandon. Let’s go Brandon. Let’s go Brandon. Let’s go Brandon. Let’s go Brandon. Let’s go Brandon. Let’s go Brandon. Let’s go Brandon. Let’s go Brandon. Let’s go Brandon. Let’s go Brandon.

Let’s go Brandon. Let’s go Brandon.

Let’s go Brandon. Let’s go Brandon.

Let's go Brandon. Let's go Brandon.

Let's go Brandon. Let's go Brandon.

Let's go Brandon. Let's go Brandon.

Let’s go Brandon. Let’s go Brandon.

Let’s go Brandon. Let’s go Brandon.

Let’s go Brandon. Let’s go Brandon. Let’s go Brandon. Let’s go Brandon. Let’s go Brandon. Let’s go Brandon. Let’s go Brandon. Let’s go Brandon. Let’s go Brandon. Let’s go Brandon. Let’s go Brandon. Let’s go Brandon. Let’s go Brandon. Let’s go Brandon. Let’s go Brandon. Let’s go Brandon.

Let's go Brandon. Let's go Brandon.

Let's go Brandon. Let's go Brandon.

Let's go Brandon. Let's go Brandon. Let's go Brandon. Let's go Brandon. Let's go Brandon. Let's go Brandon. Let's go Brandon. Let's

Let’s go Brandon. Let’s go Brandon.

Let’s go Brandon. Let’s go Brandon.

Let’s go Brandon. Let’s go Brandon. Let’s go Brandon. Let’s go Brandon. Let’s go Brandon. Let’s go Brandon. Let’s go Brandon. Let’s go Brandon. Let’s go Brandon. Let’s go Brandon. Let’s go Brandon. Let’s go Brandon. Let’s go Brandon. Let’s go Brandon. Let’s go Brandon.

Let's go Brandon. Let's go Brandon.

Let's go Brandon. Let's go Brandon.

Let's go Brandon. Let's go Brandon. Let's go Brandon. Let's go Brandon. Let's go Brandon. Let's go Brandon. Let's go Brandon. Let's

go Brandon. Let's go Brandon. Let's go Brandon. Let's go Brandon. Let's go Brandon. Let's go Brandon. Let's go Brandon. Let's go Brandon. Let's go Brandon. Let's go Brandon. Let's go Brandon. Let's go Brandon. Let's go Brandon. Let's go Brandon. Let's go Brandon. Let's go Brandon. Let's go Brandon. Let's go Brandon. Let's go Brandon. Let's go Brandon.

Let's go Brandon. Let's go Brandon. Let's go Brandon. Let's go Brandon. Let's go Brandon. Let's go Brandon. Let's go Brandon. Let's go Brandon. Let's go Brandon. Let's go Brandon. Let's go Brandon. Let's go Brandon. Let's go Brandon. Let's go Brandon. Let's go Brandon.

Let's go Brandon. Let's

go Brandon. Let's go Brandon. Let's go Brandon. Let's go Brandon. Let's go Brandon.

Let's go Brandon. Let's go Brandon.

Let's go Brandon. Let's go Brandon. Let's go Brandon. Let's go Brandon. Let's go Brandon. Let's go Brandon. Let's go Brandon. Let's go Brandon. Let's go Brandon. Let's go Brandon. Let's go Brandon. Let's go Brandon. Let's go Brandon. Let's go Brandon. Let's go Brandon.

Let's go Brandon. Let's go Brandon. Let's go Brandon. Let's go Brandon. Let's go Brandon. Let's go Brandon. Let's go Brandon. Let's

go Brandon. Let's go Brandon. Let's go Brandon. Let's go Brandon. Let's go Brandon. Let's go Brandon. Let's go Brandon. Let's go Brandon. Let's go Brandon. Let's go Brandon. Let's go Brandon. Let's go Brandon. Let's go Brandon. Let's go Brandon. Let's go Brandon. Let's go Brandon. Let's go Brandon. Let's go Brandon. Let's go Brandon.

Let's go Brandon. Let's go Brandon.

Let's go Brandon. Let's go Brandon. Let's go Brandon. Let's go Brandon. Let's go Brandon. Let's go Brandon. Let's go Brandon. Let's go Brandon. Let's go Brandon. Let's go Brandon. Let's go Brandon. Let's go Brandon. Let's go Brandon. Let's go Brandon. Let's go Brandon. Let's go Brandon. Let's go Brandon. Let's go Brandon. Let's go Brandon. Let's

go Brandon. Let's go Brandon. Let's go Brandon. Let's go Brandon. Let's go Brandon. Let's go Brandon. Let's go Brandon. Let's go Brandon. Let's go Brandon.

Let's go Brandon. Let's go Brandon.

Let's go Brandon. Let's go

Brandon. Let's go Brandon.

Let's go Brandon. Let's go Brandon.

Let's go Brandon. Let's go Brandon. Let's go Brandon. Let's go Brandon. Let's go Brandon. Let's go Brandon. Let's go Brandon. Let's go Brandon. Let's go Brandon. Let's go Brandon. Let's go Brandon. Let's go Brandon. Let's go Brandon. Let's go Brandon. Let's go Brandon.

Let's go Brandon. Let's go Brandon. Let's go Brandon. Let's go Brandon. Let's go Brandon. Let's go Brandon. Let's go Brandon. Let's go Brandon. Let's go Brandon. Let's go Brandon. Let's go Brandon. Let's go Brandon. Let's go Brandon. Let's go Brandon. Let's go

Brandon. Let's go Brandon.

Let's go Brandon. Let's go Brandon.

Let's go Brandon. Let's go Brandon.

Let's go Brandon. Let's go Brandon.

Chapter 4

Taxes

Let's go Brandon. Let's go Brandon.

Let's go Brandon. Let's go Brandon.

Let’s go Brandon. Let’s go Brandon. Let’s go Brandon. Let’s go Brandon. Let’s go Brandon. Let’s go Brandon. Let’s go Brandon. Let’s go Brandon. Let’s go Brandon. Let’s go Brandon. Let’s go Brandon. Let’s go Brandon. Let’s go Brandon. Let’s go Brandon.

Let’s go Brandon. Let’s go Brandon.

Let’s go Brandon. Let’s go Brandon.

Let's go Brandon. Let's go Brandon.

Let's go Brandon. Let's go Brandon. Let's go Brandon. Let's go Brandon. Let's go Brandon. Let's go Brandon. Let's go Brandon. Let's go Brandon. Let's go Brandon. Let's go Brandon. Let's go Brandon. Let's go Brandon. Let's go Brandon. Let's go Brandon. Let's go Brandon.

Let's go Brandon. Let's go Brandon.

Let's go Brandon. Let's go Brandon. Let's go Brandon. Let's go Brandon. Let's go Brandon. Let's go Brandon. Let's go Brandon. Let's

go Brandon. Let's go Brandon.

Let's go Brandon. Let's go Brandon.

Let's go Brandon. Let's go Brandon. Let's go Brandon. Let's go Brandon. Let's go Brandon. Let's go Brandon. Let's go Brandon. Let's go Brandon. Let's go Brandon. Let's go Brandon. Let's go Brandon. Let's go Brandon.

Let's go Brandon. Let's go Brandon. Let's go Brandon. Let's go Brandon.

Let's go Brandon. Let's go Brandon.

Let's go Brandon. Let's

go Brandon. Let's go Brandon. Let's go Brandon. Let's go Brandon. Let's go Brandon. Let's go Brandon. Let's go Brandon. Let's go Brandon. Let's go Brandon. Let's go Brandon. Let's go Brandon. Let's go Brandon. Let's go Brandon. Let's go Brandon. Let's go Brandon. Let's go Brandon.

Let's go Brandon. Let's go Brandon. Let's go Brandon. Let's go Brandon. Let's go Brandon. Let's go Brandon. Let's go Brandon. Let's go Brandon. Let's go Brandon. Let's go Brandon. Let's go Brandon. Let's go Brandon. Let's go Brandon. Let's go Brandon. Let's go Brandon.

Let's go Brandon. Let's go Brandon.

Let's go Brandon. Let's go Brandon. Let's go Brandon. Let's go Brandon. Let's go Brandon. Let's go Brandon. Let's go Brandon. Let's go Brandon. Let's go Brandon. Let's go Brandon. Let's go Brandon. Let's go Brandon. Let's go Brandon. Let's go Brandon. Let's go Brandon. Let's go Brandon. Let's go Brandon. Let's go Brandon. Let's go Brandon. Let's

go Brandon. Let’s go Brandon.

Let’s go Brandon. Let’s go Brandon.

Let’s go Brandon. Let’s go

Brandon. Let's go Brandon. Let's go Brandon. Let's go Brandon. Let's go Brandon. Let's go Brandon. Let's go Brandon. Let's go Brandon. Let's go Brandon. Let's go Brandon. Let's go Brandon. Let's go Brandon. Let's go Brandon. Let's go Brandon. Let's go Brandon. Let's go Brandon. Let's go Brandon. Let's go Brandon. Let's go Brandon. Let's go Brandon.

Let's go Brandon. Let's go Brandon.

Let's go Brandon. Let's go Brandon. Let's go Brandon. Let's go Brandon. Let's go Brandon. Let's go Brandon. Let's go Brandon. Let's go Brandon. Let's go Brandon. Let's go Brandon. Let's go Brandon. Let's go Brandon. Let's go Brandon. Let's go Brandon. Let's go Brandon. Let's go

Brandon. Let's go Brandon. Let's go Brandon. Let's go Brandon. Let's go Brandon. Let's go Brandon. Let's go Brandon. Let's go Brandon. Let's go Brandon. Let's go Brandon. Let's go Brandon.

Let's go Brandon. Let's go Brandon. Let's go Brandon. Let's go Brandon. Let's go Brandon. Let's go Brandon. Let's go Brandon. Let's go Brandon. Let's go Brandon. Let's go Brandon. Let's go Brandon. Let's go Brandon. Let's go Brandon. Let's go Brandon. Let's go Brandon.

Let's go Brandon. Let's go Brandon.

Let’s go Brandon. Let’s go Brandon.

Let’s go Brandon. Let’s go Brandon. Let’s go Brandon. Let’s go Brandon. Let’s go Brandon. Let’s go Brandon. Let’s go Brandon. Let’s go Brandon. Let’s go Brandon. Let’s go Brandon. Let’s go Brandon. Let’s go Brandon. Let’s go Brandon. Let’s go Brandon. Let’s go Brandon. Let’s go Brandon. Let’s go Brandon.

Let’s go Brandon. Let’s

go Brandon. Let's go Brandon. Let's go Brandon. Let's go Brandon. Let's go Brandon.

Let's go Brandon. Let's go Brandon.

Let's go Brandon. Let's go Brandon.

Let's go Brandon. Let's go Brandon. Let's go Brandon. Let's go Brandon. Let's go Brandon. Let's go Brandon. Let's go Brandon. Let's go Brandon. Let's go Brandon. Let's go Brandon. Let's go Brandon. Let's go Brandon. Let's go Brandon. Let's go Brandon. Let's go Brandon.

Let's go Brandon. Let's go Brandon.

Let's go Brandon. Let's

go Brandon. Let’s go Brandon. Let’s go Brandon. Let’s go Brandon. Let’s go Brandon.

Let’s go Brandon. Let’s go Brandon.

Let’s go Brandon. Let’s go Brandon.

Let’s go Brandon. Let’s go Brandon. Let’s go Brandon. Let’s go Brandon. Let’s go Brandon. Let’s go Brandon. Let’s go Brandon. Let’s go Brandon. Let’s go Brandon. Let’s go Brandon. Let’s go Brandon. Let’s go Brandon. Let’s go Brandon. Let’s go Brandon. Let’s go Brandon.

Let’s go Brandon. Let’s go Brandon.

Let’s go Brandon. Let’s go Brandon. Let’s go Brandon. Let’s go Brandon. Let’s go Brandon. Let’s go Brandon. Let’s go Brandon. Let’s go Brandon. Let’s go Brandon. Let’s go Brandon. Let’s go Brandon. Let’s go Brandon. Let’s go Brandon. Let’s go Brandon. Let’s go Brandon. Let’s go Brandon. Let’s go Brandon. Let’s go Brandon. Let’s

go Brandon. Let's go Brandon. Let's go Brandon. Let's go Brandon. Let's go Brandon. Let's go Brandon. Let's go Brandon.

Let's go Brandon. Let's go Brandon.

Let's go Brandon. Let's go Brandon.

Let’s go Brandon. Let’s go Brandon.

Chapter 5
Afghanistan

Let’s go Brandon. Let’s go Brandon.

Let’s go Brandon. Let’s go Brandon.

Let's go Brandon. Let's go Brandon. Let's go Brandon. Let's go Brandon. Let's go Brandon. Let's go Brandon. Let's go Brandon. Let's go Brandon. Let's go Brandon. Let's go Brandon. Let's go Brandon. Let's go Brandon. Let's go Brandon. Let's go Brandon.

Let's go Brandon. Let's go Brandon.

Let's go Brandon. Let's go Brandon.

Let's go Brandon. Let's go Brandon.

Let's go Brandon. Let's go Brandon.

Let's go Brandon. Let's go Brandon.

Let's go Brandon. Let's go Brandon.

Let's go Brandon. Let's go Brandon.

Let's go Brandon. Let's go Brandon. Let's go Brandon. Let's go Brandon. Let's go Brandon. Let's go Brandon. Let's go Brandon. Let's go Brandon. Let's go Brandon. Let's go Brandon. Let's go Brandon. Let's go Brandon. Let's go Brandon. Let's go Brandon. Let's go Brandon.

Let’s go Brandon. Let’s go Brandon.

Let’s go Brandon. Let’s go Brandon.

Let’s go Brandon. Let’s go Brandon. Let’s go Brandon. Let’s go Brandon. Let’s go Brandon. Let’s go Brandon. Let’s go Brandon. Let’s

go Brandon. Let's go Brandon. Let's go Brandon. Let's go Brandon. Let's go Brandon. Let's go Brandon. Let's go Brandon. Let's go Brandon. Let's go Brandon. Let's go Brandon. Let's go Brandon. Let's go Brandon. Let's go Brandon. Let's go Brandon. Let's go Brandon. Let's go Brandon. Let's go Brandon. Let's go Brandon. Let's go Brandon. Let's go Brandon.

Let's go Brandon. Let's go Brandon. Let's go Brandon. Let's go Brandon. Let's go Brandon. Let's go Brandon. Let's go Brandon. Let's go Brandon. Let's go Brandon. Let's go Brandon. Let's go Brandon. Let's go Brandon. Let's go Brandon. Let's go Brandon. Let's go Brandon.

Let's go Brandon. Let's

go Brandon. Let's go Brandon. Let's go Brandon. Let's go Brandon. Let's go Brandon.

Let's go Brandon. Let's go Brandon.

Let's go Brandon. Let's go Brandon. Let's go Brandon. Let's go Brandon. Let's go Brandon. Let's go Brandon. Let's go Brandon. Let's go Brandon. Let's go Brandon. Let's go Brandon. Let's go Brandon. Let's go Brandon. Let's go Brandon. Let's go Brandon. Let's go Brandon.

Let's go Brandon. Let's go Brandon. Let's go Brandon. Let's go Brandon. Let's go Brandon. Let's go Brandon. Let's go Brandon. Let's

go Brandon. Let's go Brandon. Let's go Brandon. Let's go Brandon. Let's go Brandon. Let's go Brandon. Let's go Brandon. Let's go Brandon. Let's go Brandon. Let's go Brandon. Let's go Brandon. Let's go Brandon. Let's go Brandon. Let's go Brandon. Let's go Brandon. Let's go Brandon. Let's go Brandon. Let's go Brandon.

Let's go Brandon. Let's go Brandon.

Let's go Brandon. Let's go Brandon. Let's go Brandon. Let's go Brandon. Let's go Brandon. Let's go Brandon. Let's go Brandon. Let's go Brandon. Let's go Brandon. Let's go Brandon. Let's go Brandon. Let's go Brandon. Let's go Brandon. Let's go Brandon. Let's go Brandon. Let's go Brandon. Let's go Brandon. Let's go Brandon. Let's go Brandon. Let's

go Brandon. Let's go Brandon. Let's go Brandon. Let's go Brandon. Let's go Brandon. Let's go Brandon. Let's go Brandon. Let's go Brandon. Let's go Brandon.

Let's go Brandon. Let's go Brandon.

Let's go Brandon. Let's go

Brandon. Let's go Brandon. Let's go Brandon. Let's go Brandon. Let's go Brandon. Let's go Brandon. Let's go Brandon. Let's go Brandon. Let's go Brandon. Let's go Brandon. Let's go Brandon. Let's go Brandon. Let's go Brandon. Let's go Brandon. Let's go Brandon. Let's go Brandon. Let's go Brandon. Let's go Brandon. Let's go Brandon. Let's go Brandon.

Let's go Brandon. Let's go Brandon.

Let's go Brandon. Let's go Brandon. Let's go Brandon. Let's go Brandon. Let's go Brandon. Let's go Brandon. Let's go Brandon. Let's go Brandon. Let's go Brandon. Let's go Brandon. Let's go Brandon. Let's go Brandon. Let's go Brandon. Let's go Brandon. Let's go Brandon. Let's go Brandon.

Let's go Brandon. Let's go Brandon. Let's go Brandon. Let's go Brandon. Let's go Brandon. Let's go Brandon. Let's go Brandon. Let's go Brandon. Let's go Brandon. Let's go Brandon. Let's go Brandon. Let's go Brandon. Let's go Brandon. Let's go Brandon. Let's go Brandon. Let's go

Brandon. Let's go Brandon.

Let's go Brandon. Let's go Brandon.

Let's go Brandon. Let's go Brandon. Let's go Brandon. Let's go Brandon. Let's go Brandon. Let's go Brandon. Let's go Brandon. Let's go Brandon. Let's go Brandon. Let's go Brandon. Let's go Brandon. Let's go Brandon. Let's go Brandon. Let's go Brandon. Let's go Brandon. Let's go Brandon. Let's go Brandon. Let's go Brandon.

Let’s go Brandon. Let’s go Brandon.

Let’s go Brandon. Let’s go Brandon.

Let’s go Brandon. Let’s go Brandon. Let’s go Brandon. Let’s go Brandon. Let’s go Brandon. Let’s go Brandon. Let’s go Brandon. Let’s go Brandon. Let’s go Brandon. Let’s go Brandon. Let’s go Brandon.

Let’s go Brandon. Let’s go Brandon.

Let’s go Brandon. Let’s go Brandon. Let’s go Brandon. Let’s go Brandon. Let’s go Brandon. Let’s go Brandon. Let’s go Brandon. Let’s go Brandon. Let’s go Brandon. Let’s go Brandon. Let’s go Brandon. Let’s go Brandon. Let’s go Brandon. Let’s go Brandon. Let’s go Brandon.

Let’s go Brandon. Let’s go Brandon.

Let’s go Brandon. Let’s go Brandon.

Let’s go Brandon. Let’s go Brandon. Let’s go Brandon. Let’s go Brandon. Let’s go Brandon. Let’s go Brandon. Let’s go Brandon. Let’s go Brandon. Let’s go Brandon. Let’s go Brandon. Let’s go Brandon. Let’s go Brandon. Let’s go Brandon. Let’s go Brandon. Let’s go Brandon. Let’s go Brandon.

Let’s go Brandon. Let’s

go Brandon. Let's go Brandon. Let's go Brandon. Let's go Brandon. Let's go Brandon. Let's go Brandon. Let's go Brandon.

Let's go Brandon. Let's go Brandon.

Let's go Brandon. Let's go Brandon.

Let's go Brandon. Let's go Brandon. Let's go Brandon. Let's go Brandon. Let's go Brandon. Let's go Brandon. Let's go Brandon. Let's go Brandon. Let's go Brandon. Let's go Brandon. Let's go Brandon. Let's go Brandon. Let's go Brandon. Let's go Brandon. Let's go Brandon. Let's go Brandon.

Let's go Brandon. Let's go Brandon.

Let's go Brandon. Let's go Brandon.

Let's go Brandon. Let's go Brandon. Let's go Brandon. Let's go Brandon. Let's go Brandon. Let's go Brandon. Let's go Brandon. Let's go Brandon. Let's go Brandon. Let's go Brandon. Let's go Brandon. Let's go Brandon.

Let's go Brandon. Let's go Brandon.

Let's go Brandon. Let's go Brandon. Let's go Brandon. Let's go Brandon. Let's go Brandon. Let's go Brandon. Let's go Brandon. Let's go Brandon. Let's go Brandon. Let's go Brandon. Let's go Brandon. Let's go Brandon. Let's go Brandon. Let's go Brandon. Let's go Brandon.

Chapter 6
You Know, The Thing

Let's go Brandon. Let's go Brandon.

Let's go Brandon. Let's go Brandon. Let's go Brandon. Let's go Brandon. Let's go Brandon. Let's go Brandon. Let's go Brandon. Let's go Brandon. Let's go Brandon. Let's go Brandon. Let's go Brandon. Let's go Brandon. Let's go Brandon. Let's go Brandon. Let's go Brandon.

Let's go Brandon. Let's go Brandon. Let's go Brandon. Let's go Brandon. Let's go Brandon. Let's go Brandon. Let's go Brandon. Let's go Brandon. Let's go Brandon. Let's go Brandon. Let's go Brandon. Let's go Brandon. Let's go Brandon. Let's go Brandon. Let's go Brandon. Let's go Brandon. Let's go Brandon. Let's go Brandon. Let's go Brandon. Let's

go Brandon. Let's go Brandon. Let's go Brandon. Let's go Brandon. Let's go Brandon. Let's go Brandon. Let's go Brandon. Let's go Brandon. Let's go Brandon.

Let's go Brandon. Let's go Brandon.

Let's go Brandon. Let's go Brandon.

Let's go Brandon. Let's go Brandon. Let's go Brandon. Let's go Brandon. Let's go Brandon.

Let's go Brandon. Let's go Brandon. Let's go Brandon. Let's go Brandon. Let's go Brandon. Let's go Brandon. Let's go Brandon. Let's go Brandon. Let's go Brandon. Let's go Brandon. Let's go Brandon. Let's go Brandon. Let's go Brandon. Let's go Brandon. Let's go Brandon.

Let's go Brandon. Let's go Brandon.

Let's go Brandon. Let's go Brandon. Let's go Brandon. Let's go Brandon. Let's go Brandon. Let's go Brandon. Let's go Brandon. Let's

go Brandon. Let's go Brandon.

Let's go Brandon. Let's go Brandon. Let's go Brandon. Let's go Brandon. Let's go Brandon. Let's go Brandon. Let's go Brandon. Let's go Brandon. Let's go Brandon. Let's go Brandon. Let's go Brandon. Let's go Brandon. Let's go Brandon. Let's go Brandon. Let's go Brandon. Let's go Brandon.

Let's go Brandon. Let's go Brandon.

Let’s go Brandon. Let’s go Brandon.

Let’s go Brandon. Let’s go Brandon.

Let’s go Brandon. Let’s go Brandon. Let’s go Brandon. Let’s go Brandon. Let’s go Brandon. Let’s go Brandon. Let’s go Brandon. Let’s

go Brandon. Let's go Brandon.

Let's go Brandon. Let's

go Brandon. Let's go Brandon. Let's go Brandon. Let's go Brandon. Let's go Brandon.

Let's go Brandon. Let's go Brandon.

Let's go Brandon. Let's go Brandon. Let's go Brandon. Let's go Brandon. Let's go Brandon. Let's go Brandon. Let's go Brandon. Let's go Brandon. Let's go Brandon. Let's go Brandon. Let's go Brandon. Let's go Brandon. Let's go Brandon. Let's go Brandon. Let's go Brandon.

Let's go Brandon. Let's

go Brandon. Let's go Brandon. Let's go Brandon. Let's go Brandon. Let's go Brandon. Let's go Brandon. Let's go Brandon. Let's go Brandon. Let's go Brandon. Let's go Brandon. Let's go Brandon. Let's go Brandon. Let's go Brandon. Let's go Brandon. Let's go Brandon. Let's go Brandon.

Let's go Brandon. Let's go Brandon.

Let's go Brandon. Let's go Brandon. Let's go Brandon. Let's go Brandon. Let's go Brandon. Let's go Brandon. Let's go Brandon. Let's go Brandon. Let's go Brandon. Let's go Brandon. Let's go Brandon. Let's go Brandon. Let's go Brandon. Let's go Brandon. Let's go Brandon. Let's go Brandon. Let's go Brandon. Let's go Brandon.

Let's go Brandon. Let's go Brandon. Let's go Brandon. Let's go Brandon. Let's go Brandon. Let's go Brandon. Let's go Brandon. Let's go Brandon. Let's go Brandon. Let's go Brandon. Let's go Brandon. Let's go Brandon. Let's go Brandon. Let's go Brandon. Let's go Brandon. Let's go Brandon. Let's go Brandon. Let's go Brandon. Let's go Brandon. Let's

go Brandon. Let's go Brandon.

Let's go Brandon. Let's go Brandon.

Let's go Brandon. Let's

go Brandon. Let's go Brandon. Let's go Brandon. Let's go Brandon. Let's go Brandon. Let's go Brandon. Let's go Brandon. Let's go Brandon. Let's go Brandon. Let's go Brandon. Let's go Brandon. Let's go Brandon. Let's go Brandon. Let's go Brandon. Let's go Brandon. Let's go Brandon.

Let's go Brandon. Let's go Brandon. Let's go Brandon. Let's go Brandon. Let's go Brandon. Let's go Brandon. Let's go Brandon. Let's go Brandon. Let's go Brandon. Let's go Brandon. Let's go Brandon. Let's go Brandon. Let's go Brandon. Let's go Brandon. Let's go Brandon. Let's go Brandon.

Let's go Brandon. Let's go Brandon.

Let's go Brandon. Let's

go Brandon. Let’s go Brandon.

Let’s go Brandon. Let’s go Brandon.

Let’s go Brandon. Let’s go Brandon. Let’s go Brandon. Let’s go Brandon. Let’s go Brandon. Let’s go Brandon. Let’s go Brandon. Let’s

go Brandon. Let's go Brandon. Let's go Brandon. Let's go Brandon. Let's go Brandon. Let's go Brandon. Let's go Brandon. Let's go Brandon. Let's go Brandon. Let's go Brandon. Let's go Brandon. Let's go Brandon. Let's go Brandon. Let's go Brandon. Let's go Brandon. Let's go Brandon. Let's go Brandon. Let's go Brandon.

Let's go Brandon. Let's go Brandon.

Let's go Brandon. Let's

go Brandon. Let’s go Brandon. Let’s go Brandon. Let’s go Brandon. Let’s go Brandon.

Let’s go Brandon. Let’s go Brandon.

Let’s go Brandon. Let’s go Brandon.

Let's go Brandon. Let's go Brandon. Let's go Brandon. Let's go Brandon. Let's go Brandon. Let's go Brandon. Let's go Brandon. Let's go Brandon. Let's go Brandon. Let's go Brandon. Let's go Brandon. Let's go Brandon. Let's go Brandon. Let's go Brandon. Let's go Brandon.

Let's go Brandon. Let's go Brandon.

Let's go Brandon. Let's

go Brandon. Let's go Brandon. Let's go Brandon. Let's go Brandon. Let's go Brandon.

Let's go Brandon. Let's go Brandon. Let's go Brandon. Let's go Brandon. Let's go Brandon. Let's go Brandon. Let's go Brandon. Let's go Brandon. Let's go Brandon. Let's go Brandon. Let's go Brandon. Let's go Brandon. Let's go Brandon. Let's go Brandon. Let's go Brandon.

Let's go Brandon. Let's go Brandon.

Let's go Brandon. Let's go Brandon.

Let's go Brandon. Let's go Brandon.

Let's go Brandon. Let's go Brandon. Let's go Brandon. Let's go Brandon. Let's go Brandon. Let's go Brandon. Let's go Brandon. Let's go Brandon. Let's go Brandon. Let's go Brandon. Let's go Brandon. Let's go Brandon. Let's go Brandon. Let's go Brandon. Let's go Brandon. Let's go Brandon.

Chapter 7
No More Mean Tweets

Let's go Brandon. Let's go Brandon.

Let's go Brandon. Let's go

Brandon. Let's go Brandon. Let's go Brandon. Let's go Brandon. Let's go Brandon. Let's go Brandon. Let's go Brandon. Let's go Brandon. Let's go Brandon. Let's go Brandon. Let's go Brandon. Let's go Brandon. Let's go Brandon. Let's go Brandon. Let's go Brandon. Let's go Brandon. Let's go Brandon. Let's go Brandon. Let's go Brandon. Let's go Brandon.

Let's go Brandon. Let's go Brandon. Let's go Brandon. Let's go Brandon. Let's go Brandon. Let's go Brandon. Let's go Brandon. Let's go Brandon. Let's go Brandon. Let's go Brandon. Let's go Brandon. Let's go Brandon. Let's go Brandon. Let's go Brandon. Let's go Brandon.

Let's go Brandon. Let's go Brandon.

Let's go Brandon. Let's go Brandon. Let's go Brandon. Let's go Brandon. Let's go Brandon. Let's go Brandon. Let's go Brandon. Let's go Brandon. Let's go Brandon. Let's go Brandon. Let's go Brandon. Let's go Brandon. Let's go Brandon. Let's go Brandon. Let's go

Brandon. Let's go Brandon.

Let's go Brandon. Let's go Brandon.

Let's go Brandon. Let's go Brandon.

Let’s go Brandon. Let’s go Brandon.

Let’s go Brandon. Let’s go Brandon.

Let’s go Brandon. Let’s go Brandon. Let’s go Brandon. Let’s go Brandon. Let’s go Brandon. Let’s go Brandon. Let’s go Brandon. Let’s go Brandon. Let’s go Brandon. Let’s go Brandon. Let’s go Brandon. Let’s go Brandon.

Let's go Brandon. Let's go Brandon. Let's go Brandon. Let's go Brandon. Let's go Brandon. Let's go Brandon. Let's go Brandon. Let's go Brandon. Let's go Brandon. Let's go Brandon. Let's go Brandon. Let's go Brandon. Let's go Brandon. Let's go Brandon.

Let's go Brandon. Let's go Brandon. Let's go Brandon. Let's go Brandon. Let's go Brandon. Let's go Brandon. Let's go Brandon. Let's go Brandon. Let's go Brandon. Let's go Brandon. Let's go Brandon. Let's go Brandon. Let's go Brandon. Let's go Brandon. Let's go Brandon.

Let's go Brandon. Let's go Brandon.

Let's go Brandon. Let's go Brandon.

Let's go Brandon. Let's go Brandon. Let's go Brandon. Let's go Brandon. Let's go Brandon. Let's go Brandon. Let's go Brandon. Let's go Brandon. Let's go Brandon. Let's go Brandon. Let's go Brandon. Let's go Brandon. Let's go Brandon. Let's go Brandon. Let's go Brandon.

Let's go Brandon. Let's go Brandon.

Let's go Brandon. Let's go Brandon. Let's go Brandon. Let's go Brandon. Let's go Brandon. Let's go Brandon. Let's go Brandon. Let's go Brandon. Let's go Brandon. Let's go Brandon. Let's go Brandon.

Let's go Brandon. Let's go Brandon. Let's go Brandon. Let's go Brandon. Let's go Brandon. Let's go Brandon. Let's go Brandon. Let's go Brandon. Let's go Brandon. Let's go Brandon. Let's go Brandon. Let's go Brandon. Let's go Brandon. Let's go Brandon.

Let's go Brandon. Let's go Brandon.

Let's go Brandon. Let's go Brandon. Let's go Brandon. Let's go Brandon. Let's go Brandon. Let's go Brandon. Let's go Brandon. Let's go Brandon. Let's go Brandon. Let's go Brandon. Let's go Brandon. Let's go Brandon. Let's go Brandon. Let's go Brandon. Let's go Brandon. Let's go Brandon.

Let's go Brandon. Let's go Brandon.

Let's go Brandon. Let's go Brandon.

Let's go Brandon. Let's go Brandon. Let's go Brandon. Let's go Brandon. Let's go Brandon. Let's go Brandon. Let's go Brandon. Let's go Brandon. Let's go Brandon. Let's go Brandon. Let's go Brandon. Let's go Brandon.

Let's go Brandon. Let's go Brandon. Let's go Brandon. Let's go Brandon.

Let's go Brandon. Let's go Brandon.

Let's go Brandon. Let's go Brandon.

Let’s go Brandon. Let’s go Brandon.

Let’s go Brandon. Let’s go Brandon.

Let’s go Brandon. Let’s go Brandon. Let’s go Brandon. Let’s go Brandon. Let’s go Brandon. Let’s go Brandon. Let’s go Brandon. Let’s go Brandon. Let’s go Brandon. Let’s go Brandon. Let’s go Brandon.

Let's go Brandon. Let's go Brandon. Let's go Brandon. Let's go Brandon. Let's go Brandon. Let's go Brandon. Let's go Brandon. Let's go Brandon. Let's go Brandon. Let's go Brandon. Let's go Brandon. Let's go Brandon. Let's go Brandon. Let's go Brandon. Let's go Brandon.

Let's go Brandon. Let's go Brandon.

Let's go Brandon. Let's go Brandon. Let's go Brandon. Let's go Brandon. Let's go Brandon. Let's go Brandon. Let's go Brandon. Let's go Brandon. Let's go Brandon. Let's go Brandon. Let's go Brandon. Let's go Brandon. Let's go Brandon. Let's go Brandon. Let's go Brandon.

Let's go Brandon. Let's go Brandon.

Let's go Brandon. Let's go Brandon.

Let's go Brandon. Let's go Brandon. Let's go Brandon. Let's go Brandon. Let's go Brandon. Let's go Brandon. Let's go Brandon. Let's go Brandon. Let's go Brandon. Let's go Brandon. Let's go Brandon.

Let's go Brandon. Let's go Brandon. Let's go Brandon. Let's go Brandon.

Let's go Brandon. Let's go Brandon.

Let's go Brandon. Let's go Brandon.

Let's go Brandon. Let's go Brandon.

Let's go Brandon. Let's go Brandon.

Let's go Brandon. Let's go Brandon. Let's go Brandon. Let's go Brandon. Let's go Brandon. Let's go Brandon. Let's go Brandon. Let's go Brandon. Let's go Brandon. Let's go Brandon. Let's go Brandon. Let's go Brandon. Let's go Brandon. Let's go Brandon. Let's go Brandon. Let's go Brandon.

Chapter 8
Crime

Let's go Brandon. Let's go Brandon.

Let's go Brandon. Let's go Brandon.

Let's go Brandon. Let's go Brandon. Let's go Brandon. Let's go Brandon. Let's go Brandon. Let's go Brandon. Let's go Brandon. Let's go Brandon. Let's go Brandon. Let's go Brandon. Let's go Brandon. Let's go Brandon. Let's go Brandon. Let's go Brandon.

Let's go Brandon. Let's go Brandon.

Let's go Brandon. Let's go Brandon.

Let’s go Brandon. Let’s go Brandon.

Let’s go Brandon. Let’s go Brandon.

Let’s go Brandon. Let’s go Brandon.

Let’s go Brandon. Let’s go Brandon.

Let’s go Brandon. Let’s go Brandon.

Let’s go Brandon. Let’s go Brandon. Let’s go Brandon. Let’s go Brandon. Let’s go Brandon. Let’s go Brandon. Let’s go Brandon. Let’s go Brandon. Let’s go Brandon. Let’s go Brandon. Let’s go Brandon. Let’s go Brandon. Let’s go Brandon. Let’s go Brandon. Let’s go Brandon. Let’s go Brandon.

Let’s go Brandon. Let’s go Brandon.

Let’s go Brandon. Let’s go Brandon.

Let’s go Brandon. Let’s go Brandon. Let’s go Brandon. Let’s go Brandon. Let’s go Brandon. Let’s go Brandon. Let’s go Brandon. Let’s

go Brandon. Let's go Brandon. Let's go Brandon. Let's go Brandon. Let's go Brandon. Let's go Brandon. Let's go Brandon. Let's go Brandon. Let's go Brandon. Let's go Brandon. Let's go Brandon. Let's go Brandon. Let's go Brandon. Let's go Brandon. Let's go Brandon. Let's go Brandon. Let's go Brandon. Let's go Brandon. Let's go Brandon. Let's go Brandon.

Let's go Brandon. Let's go Brandon. Let's go Brandon. Let's go Brandon. Let's go Brandon. Let's go Brandon. Let's go Brandon. Let's go Brandon. Let's go Brandon. Let's go Brandon. Let's go Brandon. Let's go Brandon. Let's go Brandon. Let's go Brandon. Let's go Brandon.

Let's go Brandon. Let's

go Brandon. Let's go Brandon. Let's go Brandon. Let's go Brandon. Let's go Brandon.

Let's go Brandon. Let's go Brandon.

Let's go Brandon. Let's go Brandon. Let's go Brandon. Let's go Brandon. Let's go Brandon. Let's go Brandon. Let's go Brandon. Let's go Brandon. Let's go Brandon. Let's go Brandon. Let's go Brandon. Let's go Brandon. Let's go Brandon. Let's go Brandon. Let's go Brandon.

Let's go Brandon. Let's

go Brandon. Let's go Brandon. Let's go Brandon. Let's go Brandon. Let's go Brandon. Let's go Brandon. Let's go Brandon. Let's go Brandon. Let's go Brandon. Let's go Brandon. Let's go Brandon. Let's go Brandon. Let's go Brandon. Let's go Brandon. Let's go Brandon. Let's go Brandon.

Let's go Brandon. Let's go Brandon.

Let's go Brandon. Let's go Brandon. Let's go Brandon. Let's go Brandon. Let's go Brandon. Let's go Brandon. Let's go Brandon. Let's go Brandon. Let's go Brandon. Let's go Brandon. Let's go Brandon. Let's go Brandon. Let's go Brandon. Let's go Brandon. Let's go Brandon. Let's go Brandon. Let's go Brandon. Let's go Brandon. Let's go Brandon.

Let's go Brandon. Let's

go Brandon. Let's go Brandon.

Let's go Brandon. Let's go Brandon.

Let's go Brandon. Let's

go Brandon. Let's go Brandon. Let's go Brandon. Let's go Brandon. Let's go Brandon. Let's go Brandon. Let's go Brandon. Let's go Brandon. Let's go Brandon. Let's go Brandon. Let's go Brandon. Let's go Brandon. Let's go Brandon. Let's go Brandon. Let's go Brandon. Let's go Brandon.

Let's go Brandon. Let's go Brandon. Let's go Brandon. Let's go Brandon. Let's go Brandon. Let's go Brandon. Let's go Brandon. Let's go Brandon. Let's go Brandon. Let's go Brandon. Let's go Brandon. Let's go Brandon. Let's go Brandon. Let's go Brandon. Let's go Brandon.

Let's go Brandon. Let's go Brandon.

Let's go Brandon. Let's go Brandon. Let's go Brandon. Let's go Brandon. Let's go Brandon. Let's go Brandon. Let's go Brandon. Let's go Brandon. Let's go Brandon. Let's go Brandon. Let's go Brandon. Let's go Brandon. Let's go Brandon. Let's go Brandon. Let's go Brandon. Let's go Brandon. Let's go Brandon. Let's go Brandon. Let's go Brandon. Let's

go Brandon. Let's go Brandon.

Let's go Brandon. Let's go Brandon. Let's go Brandon. Let's go Brandon. Let's go Brandon. Let's go Brandon. Let's go Brandon. Let's go Brandon. Let's go Brandon. Let's go Brandon. Let's go Brandon. Let's go Brandon. Let's go Brandon. Let's go Brandon. Let's go Brandon.

Let's go Brandon. Let's go Brandon.

Let's go Brandon. Let's go Brandon. Let's go Brandon. Let's go Brandon. Let's go Brandon. Let's go Brandon. Let's go Brandon. Let's

go Brandon. Let's go Brandon. Let's go Brandon. Let's go Brandon. Let's go Brandon. Let's go Brandon. Let's go Brandon. Let's go Brandon. Let's go Brandon. Let's go Brandon. Let's go Brandon. Let's go Brandon. Let's go Brandon. Let's go Brandon. Let's go Brandon. Let's go Brandon. Let's go Brandon. Let's go Brandon.

Let's go Brandon. Let's go Brandon.

Let's go Brandon. Let's go Brandon. Let's go Brandon. Let's go Brandon. Let's go Brandon. Let's go Brandon. Let's go Brandon. Let's go Brandon. Let's go Brandon. Let's go Brandon. Let's go Brandon. Let's go Brandon. Let's go Brandon. Let's go Brandon. Let's go Brandon. Let's go Brandon.

Let’s go Brandon. Let’s go Brandon.

Let’s go Brandon. Let’s go Brandon.

Let’s go Brandon. Let’s go Brandon. Let’s go Brandon. Let’s go Brandon. Let’s go Brandon. Let’s go Brandon. Let’s go Brandon. Let’s go Brandon. Let’s go Brandon. Let’s go Brandon. Let’s go Brandon. Let’s go Brandon.

Let's go Brandon. Let's go Brandon.

Chapter 9
China

Let’s go Brandon. Let’s go Brandon.

Let’s go Brandon. Let’s go Brandon.

Let’s go Brandon. Let’s go Brandon. Let’s go Brandon. Let’s go Brandon. Let’s go Brandon. Let’s go Brandon. Let’s go Brandon. Let’s go Brandon. Let’s go Brandon. Let’s go Brandon. Let’s go Brandon. Let’s go Brandon. Let’s go Brandon. Let’s go Brandon.

Let’s go Brandon. Let’s go Brandon.

Let’s go Brandon. Let’s go Brandon.

Let's go Brandon. Let's go Brandon.

Let's go Brandon. Let's go Brandon. Let's go Brandon. Let's go Brandon. Let's go Brandon. Let's go Brandon. Let's go Brandon. Let's go Brandon. Let's go Brandon. Let's go Brandon. Let's go Brandon. Let's go Brandon. Let's go Brandon. Let's go Brandon. Let's go Brandon.

Let's go Brandon. Let's go Brandon.

Let's go Brandon. Let's go Brandon. Let's go Brandon. Let's go Brandon. Let's go Brandon. Let's go Brandon. Let's go Brandon. Let's go Brandon. Let's go Brandon. Let's go Brandon. Let's go Brandon.

Let's go Brandon. Let's go Brandon.

Let's go Brandon. Let's go Brandon.

Let's go Brandon. Let's

go Brandon. Let's go Brandon.

Let's go Brandon. Let's go Brandon.

Let's go Brandon. Let's go Brandon. Let's go Brandon. Let's go Brandon. Let's go Brandon. Let's go Brandon. Let's go Brandon. Let's

go Brandon. Let's go Brandon. Let's go Brandon. Let's go Brandon. Let's go Brandon. Let's go Brandon. Let's go Brandon. Let's go Brandon. Let's go Brandon. Let's go Brandon. Let's go Brandon. Let's go Brandon. Let's go Brandon. Let's go Brandon. Let's go Brandon. Let's go Brandon. Let's go Brandon. Let's go Brandon. Let's go Brandon.

Let's go Brandon. Let's go Brandon. Let's go Brandon. Let's go Brandon. Let's go Brandon. Let's go Brandon. Let's go Brandon. Let's go Brandon. Let's go Brandon. Let's go Brandon. Let's go Brandon. Let's go Brandon. Let's go Brandon. Let's go Brandon. Let's go Brandon. Let's go Brandon.

Let's go Brandon. Let's go Brandon.

Let's go Brandon. Let's go Brandon.

Let's go Brandon. Let's go Brandon. Let's go Brandon. Let's go Brandon. Let's go Brandon. Let's go Brandon. Let's go Brandon. Let's go Brandon. Let's go Brandon. Let's go Brandon. Let's go Brandon. Let's go Brandon. Let's go Brandon. Let's go Brandon. Let's go Brandon. Let's go Brandon. Let's go Brandon. Let's go Brandon.

Let's go Brandon. Let's

go Brandon. Let's go Brandon. Let's go Brandon. Let's go Brandon. Let's go Brandon.

Let's go Brandon. Let's go Brandon.

Let's go Brandon. Let's go Brandon.

Let's go Brandon. Let's go Brandon. Let's go Brandon. Let's go Brandon. Let's go Brandon. Let's go Brandon. Let's go Brandon. Let's go Brandon. Let's go Brandon. Let's go Brandon. Let's go Brandon. Let's go Brandon. Let's go Brandon. Let's go Brandon. Let's go Brandon.

Let's go Brandon. Let's go Brandon.

Let's go Brandon. Let's

go Brandon. Let’s go Brandon. Let’s go Brandon. Let’s go Brandon. Let’s go Brandon.

Let’s go Brandon. Let’s go Brandon. Let’s go Brandon. Let’s go Brandon. Let’s go Brandon. Let’s go Brandon. Let’s go Brandon. Let’s go Brandon. Let’s go Brandon. Let’s go Brandon. Let’s go Brandon. Let’s go Brandon. Let’s go Brandon. Let’s go Brandon. Let’s go Brandon.

Let’s go Brandon. Let’s go Brandon.

Let’s go Brandon. Let’s go Brandon.

Let’s go Brandon. Let’s go Brandon.

Let’s go Brandon. Let’s go Brandon. Let’s go Brandon. Let’s go Brandon. Let’s go Brandon. Let’s go Brandon. Let’s go Brandon. Let’s go Brandon. Let’s go Brandon. Let’s go Brandon. Let’s go Brandon. Let’s go Brandon. Let’s go Brandon. Let’s go Brandon. Let’s go Brandon.

Let’s go Brandon. Let’s go Brandon. Let’s go Brandon. Let’s go Brandon. Let’s go Brandon. Let’s go Brandon. Let’s go Brandon. Let’s go Brandon. Let’s go Brandon. Let’s go Brandon. Let’s go Brandon. Let’s go Brandon. Let’s go Brandon. Let’s go Brandon. Let’s go Brandon. Let’s go Brandon. Let’s go Brandon. Let’s go Brandon. Let’s

go Brandon. Let's go Brandon.

Let's go Brandon. Let's go Brandon.

Let's go Brandon. Let's go Brandon. Let's go Brandon. Let's go Brandon. Let's go Brandon. Let's go Brandon. Let's go Brandon. Let's go Brandon. Let's go Brandon. Let's go Brandon. Let's go Brandon. Let's go Brandon. Let's go Brandon. Let's go Brandon. Let's go Brandon. Let's go Brandon.

Let's go Brandon. Let's go Brandon. Let's go Brandon. Let's go Brandon. Let's go Brandon. Let's go Brandon. Let's go Brandon. Let's

go Brandon. Let's go Brandon.

Let's go Brandon. Let's go Brandon.

Let's go Brandon. Let's go Brandon. Let's go Brandon. Let's go Brandon. Let's go Brandon. Let's go Brandon. Let's go Brandon. Let's go Brandon. Let's go Brandon. Let's go Brandon. Let's go Brandon. Let's go Brandon. Let's go Brandon. Let's go Brandon. Let's go Brandon. Let's go Brandon. Let's go Brandon. Let's go Brandon. Let's go Brandon. Let's

go Brandon. Let's go Brandon. Let's go Brandon. Let's go Brandon. Let's go Brandon. Let's go Brandon. Let's go Brandon.

Let's go Brandon. Let's go Brandon.

Chapter 10
Inflation

Let’s go Brandon. Let’s go Brandon. Let’s go Brandon. Let’s go
Brandon. Let’s go Brandon. Let’s go Brandon. Let’s go Brandon. Let’s
go Brandon. Let’s go Brandon. Let’s go Brandon. Let’s go Brandon.
Let’s go Brandon. Let’s go Brandon. Let’s go Brandon. Let’s go
Brandon. Let’s go Brandon. Let’s go Brandon. Let’s go Brandon. Let’s
go Brandon. Let’s go Brandon. Let’s go Brandon. Let’s go Brandon.
Let’s go Brandon. Let’s go Brandon. Let’s go Brandon. Let’s go
Brandon. Let’s go Brandon. Let’s go Brandon. Let’s go Brandon. Let’s
go Brandon. Let’s go Brandon. Let’s go Brandon. Let’s go Brandon.
Let’s go Brandon. Let’s go Brandon. Let’s go Brandon. Let’s go
Brandon. Let’s go Brandon. Let’s go Brandon. Let’s go Brandon. Let’s
go Brandon. Let’s go Brandon. Let’s go Brandon. Let’s go Brandon.
Let’s go Brandon.

Let’s go Brandon. Let’s go Brandon. Let’s go Brandon. Let’s go
Brandon. Let’s go Brandon. Let’s go Brandon. Let’s go Brandon. Let’s
go Brandon. Let’s go Brandon. Let’s go Brandon. Let’s go Brandon.
Let’s go Brandon. Let’s go Brandon. Let’s go Brandon. Let’s go
Brandon. Let’s go Brandon. Let’s go Brandon. Let’s go Brandon. Let’s
go Brandon. Let’s go Brandon. Let’s go Brandon. Let’s go Brandon.
Let’s go Brandon. Let’s go Brandon. Let’s go Brandon.

Let’s go Brandon. Let’s go Brandon. Let’s go Brandon. Let’s go Brandon. Let’s go Brandon. Let’s go Brandon. Let’s go Brandon. Let’s go Brandon. Let’s go Brandon. Let’s go Brandon. Let’s go Brandon. Let’s go Brandon. Let’s go Brandon. Let’s go Brandon.

Let’s go Brandon. Let’s go Brandon.

Let’s go Brandon. Let’s go Brandon.

Let's go Brandon. Let's go Brandon.

Let's go Brandon. Let's go Brandon.

Let's go Brandon. Let's go Brandon.

Let’s go Brandon. Let’s go Brandon.

Let’s go Brandon. Let’s go Brandon.

Let’s go Brandon. Let’s go Brandon. Let’s go Brandon. Let’s go Brandon. Let’s go Brandon. Let’s go Brandon. Let’s go Brandon. Let’s go Brandon. Let’s go Brandon. Let’s go Brandon. Let’s go Brandon. Let’s go Brandon. Let’s go Brandon. Let’s go Brandon. Let’s go Brandon. Let’s go Brandon.

Let's go Brandon. Let's go Brandon.

Let's go Brandon. Let's go Brandon.

Let's go Brandon. Let's go

Brandon. Let's go Brandon. Let's go Brandon. Let's go Brandon. Let's go Brandon. Let's go Brandon. Let's go Brandon. Let's go Brandon. Let's go Brandon. Let's go Brandon. Let's go Brandon. Let's go Brandon. Let's go Brandon. Let's go Brandon. Let's go Brandon. Let's go Brandon. Let's go Brandon. Let's go Brandon. Let's go Brandon. Let's go Brandon.

Let's go Brandon. Let's go Brandon.

Let's go Brandon. Let's go Brandon. Let's go Brandon. Let's go Brandon. Let's go Brandon. Let's go Brandon. Let's go Brandon. Let's go Brandon. Let's go Brandon. Let's go Brandon. Let's go Brandon. Let's go Brandon. Let's go Brandon. Let's go Brandon. Let's go

Brandon. Let’s go Brandon. Let’s go Brandon. Let’s go Brandon. Let’s go Brandon. Let’s go Brandon. Let’s go Brandon. Let’s go Brandon. Let’s go Brandon. Let’s go Brandon. Let’s go Brandon.

Let’s go Brandon. Let’s go Brandon. Let’s go Brandon. Let’s go Brandon. Let’s go Brandon. Let’s go Brandon. Let’s go Brandon. Let’s go Brandon. Let’s go Brandon. Let’s go Brandon. Let’s go Brandon. Let’s go Brandon. Let’s go Brandon. Let’s go Brandon. Let’s go Brandon.

Let’s go Brandon. Let’s go Brandon.

Let's go Brandon. Let's go Brandon.

Let's go Brandon. Let's go Brandon. Let's go Brandon. Let's go Brandon. Let's go Brandon. Let's go Brandon. Let's go Brandon. Let's go Brandon. Let's go Brandon. Let's go Brandon. Let's go Brandon. Let's go Brandon. Let's go Brandon. Let's go Brandon. Let's go Brandon. Let's go Brandon. Let's go Brandon.

Let's go Brandon. Let's

go Brandon. Let's go Brandon. Let's go Brandon. Let's go Brandon. Let's go Brandon.

Let's go Brandon. Let's go Brandon.

Let's go Brandon. Let's go Brandon.

Let's go Brandon. Let's go Brandon. Let's go Brandon. Let's go Brandon. Let's go Brandon. Let's go Brandon. Let's go Brandon. Let's go Brandon. Let's go Brandon. Let's go Brandon. Let's go Brandon. Let's go Brandon. Let's go Brandon. Let's go Brandon. Let's go Brandon.

Let's go Brandon. Let's go Brandon.

Let's go Brandon. Let's

go Brandon. Let's go Brandon. Let's go Brandon. Let's go Brandon. Let's go Brandon.

Let's go Brandon. Let's go Brandon. Let's go Brandon. Let's go Brandon. Let's go Brandon. Let's go Brandon. Let's go Brandon. Let's go Brandon. Let's go Brandon. Let's go Brandon. Let's go Brandon. Let's go Brandon. Let's go Brandon. Let's go Brandon. Let's go Brandon.

Let's go Brandon. Let's go Brandon.

Let's go Brandon. Let's go Brandon.

Let's go Brandon. Let's go Brandon.

Let's go Brandon. Let's go Brandon. Let's go Brandon. Let's go Brandon. Let's go Brandon. Let's go Brandon. Let's go Brandon. Let's go Brandon. Let's go Brandon. Let's go Brandon. Let's go Brandon. Let's go Brandon. Let's go Brandon. Let's go Brandon. Let's go Brandon.

Let's go Brandon. Let's go Brandon. Let's go Brandon. Let's go Brandon. Let's go Brandon. Let's go Brandon. Let's go Brandon. Let's go Brandon. Let's go Brandon. Let's go Brandon. Let's go Brandon. Let's go Brandon. Let's go Brandon. Let's go Brandon. Let's go Brandon. Let's go Brandon. Let's go Brandon. Let's go Brandon. Let's go Brandon. Let's

go Brandon. Let's go Brandon.

Let's go Brandon. Let's go Brandon.

Let's go Brandon. Let's go Brandon. Let's go Brandon. Let's go Brandon. Let's go Brandon. Let's go Brandon. Let's go Brandon. Let's go Brandon. Let's go Brandon. Let's go Brandon. Let's go Brandon. Let's go Brandon. Let's go Brandon. Let's go Brandon. Let's go Brandon.

Let's go Brandon. Let's go Brandon. Let's go Brandon. Let's go Brandon. Let's go Brandon. Let's go Brandon. Let's go Brandon. Let's

go Brandon. Let's go Brandon.

Let's go Brandon. Let's go Brandon.

Let's go Brandon. Let's

go Brandon. Let's go Brandon. Let's go Brandon. Let's go Brandon. Let's go Brandon. Let's go Brandon. Let's go Brandon.

Let's go Brandon. Let's go Brandon.

Let's go Brandon. Let's

go Brandon. Let’s go Brandon. Let’s go Brandon. Let’s go Brandon. Let’s go Brandon. Let’s go Brandon. Let’s go Brandon. Let’s go Brandon. Let’s go Brandon. Let’s go Brandon. Let’s go Brandon. Let’s go Brandon. Let’s go Brandon. Let’s go Brandon. Let’s go Brandon. Let’s go Brandon.

Let’s go Brandon. Let’s go Brandon. Let’s go Brandon. Let’s go Brandon. Let’s go Brandon. Let’s go Brandon. Let’s go Brandon. Let’s go Brandon. Let’s go Brandon. Let’s go Brandon. Let’s go Brandon. Let’s go Brandon. Let’s go Brandon. Let’s go Brandon. Let’s go Brandon.

Let’s go Brandon. Let’s go Brandon.

Let's go Brandon. Let's go Brandon.

Let's go Brandon. Let's go Brandon. Let's go Brandon. Let's go Brandon. Let's go Brandon. Let's go Brandon. Let's go Brandon. Let's go Brandon. Let's go Brandon. Let's go Brandon. Let's go Brandon. Let's go Brandon. Let's go Brandon. Let's go Brandon. Let's go Brandon.

Chapter 11
Vaccine Mandates

Let's go Brandon. Let's go Brandon.

Let's go Brandon. Let's go Brandon. Let's go Brandon. Let's go Brandon. Let's go Brandon. Let's go Brandon. Let's go Brandon. Let's go Brandon. Let's go Brandon. Let's go Brandon. Let's go Brandon. Let's go Brandon. Let's go Brandon. Let's go Brandon. Let's go Brandon.

Let's go Brandon. Let's go Brandon.

Let's go Brandon. Let's go Brandon.

Let's go Brandon. Let's go Brandon. Let's go Brandon. Let's go Brandon. Let's go Brandon. Let's go Brandon. Let's go Brandon. Let's go Brandon. Let's go Brandon. Let's go Brandon. Let's go Brandon. Let's go Brandon.

Let’s go Brandon. Let’s go Brandon. Let’s go Brandon. Let’s go Brandon.

Let’s go Brandon. Let’s go Brandon.

Let’s go Brandon. Let’s go Brandon. Let’s go Brandon. Let’s go Brandon. Let’s go Brandon. Let’s go Brandon. Let’s go Brandon. Let’s go Brandon. Let’s go Brandon. Let’s go Brandon. Let’s go Brandon. Let’s go Brandon. Let’s go Brandon. Let’s go Brandon. Let’s go Brandon.

Let’s go Brandon. Let’s go Brandon. Let’s go Brandon. Let’s go Brandon. Let’s go Brandon. Let’s go Brandon. Let’s go Brandon. Let’s

go Brandon. Let's go Brandon.

Let's go Brandon. Let's go Brandon.

Let's go Brandon. Let's go Brandon. Let's go Brandon. Let's go Brandon. Let's go Brandon. Let's go Brandon. Let's go Brandon. Let's go Brandon. Let's go Brandon. Let's go Brandon. Let's go Brandon. Let's go Brandon. Let's go Brandon. Let's go Brandon. Let's go Brandon.

Let's go Brandon. Let's go Brandon.

Let's go Brandon. Let's go Brandon.

Let's go Brandon. Let's go Brandon. Let's go Brandon. Let's go Brandon. Let's go Brandon. Let's go Brandon. Let's go Brandon. Let's go Brandon. Let's go Brandon. Let's go Brandon. Let's go Brandon. Let's go Brandon.

Let's go Brandon. Let's go Brandon. Let's go Brandon. Let's go Brandon.

Let's go Brandon. Let's go Brandon.

Let's go Brandon. Let's go Brandon. Let's go Brandon. Let's go Brandon. Let's go Brandon. Let's go Brandon. Let's go Brandon. Let's go Brandon. Let's go Brandon. Let's go Brandon. Let's go Brandon. Let's go Brandon. Let's go Brandon. Let's go Brandon. Let's go Brandon.

Let's go Brandon. Let's go Brandon. Let's go Brandon. Let's go Brandon. Let's go Brandon. Let's go Brandon. Let's go Brandon. Let's

go Brandon. Let's go Brandon.

Let's go Brandon. Let's go Brandon.

Let's go Brandon. Let's go Brandon. Let's go Brandon. Let's go Brandon. Let's go Brandon. Let's go Brandon. Let's go Brandon. Let's go Brandon. Let's go Brandon. Let's go Brandon. Let's go Brandon. Let's go Brandon. Let's go Brandon. Let's go Brandon. Let's go Brandon. Let's go Brandon.

Let's go Brandon. Let's go Brandon.

Let's go Brandon. Let's go Brandon. Let's go Brandon. Let's go Brandon. Let's go Brandon. Let's go Brandon. Let's go Brandon. Let's go Brandon. Let's go Brandon. Let's go Brandon. Let's go Brandon. Let's go Brandon. Let's go Brandon. Let's go Brandon. Let's go Brandon.

Let's go Brandon. Let's go Brandon. Let's go Brandon. Let's go Brandon. Let's go Brandon. Let's go Brandon. Let's go Brandon. Let's go Brandon. Let's go Brandon. Let's go Brandon. Let's go Brandon. Let's go Brandon. Let's go Brandon. Let's go Brandon. Let's go Brandon. Let's go Brandon. Let's go Brandon. Let's go Brandon. Let's go Brandon. Let's

go Brandon. Let’s go Brandon.

Let’s go Brandon. Let’s go Brandon.

Let’s go Brandon. Let’s go Brandon. Let’s go Brandon. Let’s go Brandon. Let’s go Brandon. Let’s go Brandon. Let’s go Brandon. Let’s go Brandon. Let’s go Brandon. Let’s go Brandon. Let’s go Brandon. Let’s go Brandon. Let’s go Brandon. Let’s go Brandon. Let’s go Brandon. Let’s go Brandon.

Chapter 12
My Butt’s Been Wiped

Let’s go Brandon. Let’s go Brandon. Let’s go Brandon. Let’s go Brandon. Let’s go Brandon. Let’s go Brandon. Let’s go Brandon. Let’s go Brandon. Let’s go Brandon. Let’s go Brandon. Let’s go Brandon. Let’s go Brandon. Let’s go Brandon. Let’s go Brandon. Let’s go Brandon.

Let’s go Brandon. Let’s go Brandon.

Let’s go Brandon. Let’s go Brandon.

Let’s go Brandon. Let’s go Brandon.

Let’s go Brandon. Let’s go

Brandon. Let's go Brandon. Let's go Brandon. Let's go Brandon. Let's go Brandon. Let's go Brandon. Let's go Brandon. Let's go Brandon. Let's go Brandon.

Let's go Brandon. Let's go Brandon.

Let's go Brandon. Let's go Brandon.

Let's go Brandon. Let's go Brandon. Let's go Brandon. Let's go Brandon. Let's go Brandon. Let's go Brandon. Let's go Brandon. Let's go Brandon. Let's go Brandon. Let's go Brandon. Let's go Brandon. Let's go Brandon. Let's go Brandon. Let's go Brandon. Let's go Brandon.

Let's go Brandon. Let's go Brandon.

Let's go Brandon. Let's

go Brandon. Let's go Brandon. Let's go Brandon. Let's go Brandon. Let's go Brandon.

Let's go Brandon. Let's go Brandon. Let's go Brandon. Let's go Brandon. Let's go Brandon. Let's go Brandon. Let's go Brandon. Let's go Brandon. Let's go Brandon. Let's go Brandon. Let's go Brandon. Let's go Brandon. Let's go Brandon. Let's go Brandon. Let's go Brandon.

Let's go Brandon. Let's go Brandon.

Let's go Brandon. Let's go Brandon.

Let's go Brandon. Let's go Brandon.

Chapter 13
Trains

Let's go Brandon. Let's go Brandon.

Let's go Brandon. Let's go Brandon.

Let's go Brandon. Let's go Brandon. Let's go Brandon. Let's go Brandon. Let's go Brandon. Let's go Brandon. Let's go Brandon. Let's go Brandon. Let's go Brandon. Let's go Brandon. Let's go Brandon. Let's go Brandon. Let's go Brandon. Let's go Brandon. Let's go Brandon.

Let's go Brandon. Let's go Brandon.

Let's go Brandon. Let's go Brandon.

Let’s go Brandon. Let’s go Brandon.

Let’s go Brandon. Let’s go Brandon.

Let’s go Brandon. Let’s go Brandon.

Let’s go Brandon. Let’s go Brandon.

Let’s go Brandon. Let’s go Brandon.

Let’s go Brandon. Let’s go Brandon. Let’s go Brandon. Let’s go Brandon. Let’s go Brandon. Let’s go Brandon. Let’s go Brandon. Let’s go Brandon. Let’s go Brandon. Let’s go Brandon. Let’s go Brandon. Let’s go Brandon. Let’s go Brandon. Let’s go Brandon. Let’s go Brandon. Let’s go Brandon.

Let’s go Brandon. Let’s go Brandon.

Let’s go Brandon. Let’s go Brandon.

Let’s go Brandon. Let’s go Brandon. Let’s go Brandon. Let’s go Brandon. Let’s go Brandon. Let’s go Brandon. Let’s go Brandon. Let’s

go Brandon. Let's go Brandon. Let's go Brandon. Let's go Brandon. Let's go Brandon. Let's go Brandon. Let's go Brandon. Let's go Brandon. Let's go Brandon. Let's go Brandon. Let's go Brandon. Let's go Brandon. Let's go Brandon. Let's go Brandon. Let's go Brandon. Let's go Brandon. Let's go Brandon. Let's go Brandon. Let's go Brandon. Let's go Brandon.

Let's go Brandon. Let's go Brandon. Let's go Brandon. Let's go Brandon. Let's go Brandon. Let's go Brandon. Let's go Brandon. Let's go Brandon. Let's go Brandon. Let's go Brandon. Let's go Brandon. Let's go Brandon. Let's go Brandon. Let's go Brandon. Let's go Brandon.

Let's go Brandon. Let's

go Brandon. Let's go Brandon. Let's go Brandon. Let's go Brandon. Let's go Brandon.

Let's go Brandon. Let's go Brandon.

Let's go Brandon. Let's go Brandon. Let's go Brandon. Let's go Brandon. Let's go Brandon. Let's go Brandon. Let's go Brandon. Let's go Brandon. Let's go Brandon. Let's go Brandon. Let's go Brandon. Let's go Brandon. Let's go Brandon. Let's go Brandon. Let's go Brandon.

Let's go Brandon. Let's go Brandon. Let's go Brandon. Let's go Brandon. Let's go Brandon. Let's go Brandon. Let's go Brandon. Let's

go Brandon. Let's go Brandon. Let's go Brandon. Let's go Brandon. Let's go Brandon. Let's go Brandon. Let's go Brandon. Let's go Brandon. Let's go Brandon. Let's go Brandon. Let's go Brandon. Let's go Brandon. Let's go Brandon. Let's go Brandon. Let's go Brandon. Let's go Brandon. Let's go Brandon. Let's go Brandon.

Let's go Brandon. Let's go Brandon.

Let's go Brandon. Let's go Brandon. Let's go Brandon. Let's go Brandon. Let's go Brandon. Let's go Brandon. Let's go Brandon. Let's go Brandon. Let's go Brandon. Let's go Brandon. Let's go Brandon. Let's go Brandon. Let's go Brandon. Let's go Brandon. Let's go Brandon. Let's go Brandon. Let's go Brandon. Let's go Brandon. Let's go Brandon. Let's

go Brandon. Let's go Brandon. Let's go Brandon. Let's go Brandon. Let's go Brandon. Let's go Brandon. Let's go Brandon. Let's go Brandon. Let's go Brandon.

Let's go Brandon. Let's go Brandon.

Let's go Brandon. Let's go

Brandon. Let's go Brandon. Let's go Brandon. Let's go Brandon. Let's go Brandon. Let's go Brandon. Let's go Brandon. Let's go Brandon. Let's go Brandon. Let's go Brandon. Let's go Brandon. Let's go Brandon. Let's go Brandon. Let's go Brandon. Let's go Brandon. Let's go Brandon. Let's go Brandon. Let's go Brandon. Let's go Brandon. Let's go Brandon.

Let's go Brandon. Let's go Brandon.

Let's go Brandon. Let's go Brandon. Let's go Brandon. Let's go Brandon. Let's go Brandon. Let's go Brandon. Let's go Brandon. Let's go Brandon. Let's go Brandon. Let's go Brandon. Let's go Brandon. Let's go Brandon. Let's go Brandon. Let's go Brandon. Let's go Brandon.

Let's go Brandon. Let's go Brandon. Let's go Brandon. Let's go Brandon. Let's go Brandon. Let's go Brandon. Let's go Brandon. Let's go Brandon. Let's go Brandon. Let's go Brandon. Let's go Brandon. Let's go Brandon. Let's go Brandon. Let's go Brandon. Let's go

Brandon. Let's go Brandon.

Let's go Brandon. Let's go Brandon.

Let's go Brandon. Let's go Brandon. Let's go Brandon. Let's go Brandon. Let's go Brandon. Let's go Brandon. Let's go Brandon. Let's go Brandon. Let's go Brandon. Let's go Brandon. Let's go Brandon. Let's go Brandon. Let's go Brandon. Let's go Brandon. Let's go Brandon. Let's go Brandon. Let's go Brandon. Let's go Brandon.

Let's go Brandon. Let's go Brandon.

Let's go Brandon. Let's go Brandon.

Let's go Brandon. Let's go Brandon. Let's go Brandon. Let's go Brandon. Let's go Brandon. Let's go Brandon. Let's go Brandon. Let's go Brandon. Let's go Brandon. Let's go Brandon. Let's go Brandon. Let's go Brandon.

Let's go Brandon. Let's go Brandon.

Let's go Brandon. Let's go Brandon. Let's go Brandon. Let's go Brandon. Let's go Brandon. Let's go Brandon. Let's go Brandon. Let's go Brandon. Let's go Brandon. Let's go Brandon. Let's go Brandon. Let's go Brandon. Let's go Brandon. Let's go Brandon. Let's go Brandon.

Let's go Brandon. Let's go Brandon.

Let's go Brandon. Let's go Brandon.

Let's go Brandon. Let's go Brandon. Let's go Brandon. Let's go Brandon. Let's go Brandon. Let's go Brandon. Let's go Brandon. Let's go Brandon. Let's go Brandon. Let's go Brandon. Let's go Brandon. Let's go Brandon. Let's go Brandon. Let's go Brandon. Let's go Brandon. Let's go Brandon.

Let's go Brandon. Let's

go Brandon. Let’s go Brandon. Let’s go Brandon. Let’s go Brandon. Let’s go Brandon. Let’s go Brandon. Let’s go Brandon.

Let’s go Brandon. Let’s go Brandon.

Let’s go Brandon. Let’s go Brandon. Let’s go Brandon. Let’s go Brandon. Let’s go Brandon. Let’s go Brandon. Let’s go Brandon. Let’s go Brandon. Let’s go Brandon. Let’s go Brandon. Let’s go Brandon. Let’s go Brandon. Let’s go Brandon. Let’s go Brandon. Let’s go Brandon.

Let’s go Brandon. Let’s go Brandon.

Let's go Brandon. Let's go Brandon.

Let's go Brandon. Let's go Brandon. Let's go Brandon. Let's go Brandon. Let's go Brandon. Let's go Brandon. Let's go Brandon. Let's go Brandon. Let's go Brandon. Let's go Brandon. Let's go Brandon. Let's go Brandon. Let's go Brandon. Let's go Brandon. Let's go Brandon. Let's go Brandon.

Let's go Brandon. Let's

go Brandon. Let's go Brandon. Let's go Brandon. Let's go Brandon. Let's go Brandon. Let's go Brandon. Let's go Brandon.

Let's go Brandon. Let's go Brandon.

Let's go Brandon. Let's go Brandon.

Let's go Brandon. Let's go Brandon. Let's go Brandon. Let's go Brandon. Let's go Brandon. Let's go Brandon. Let's go Brandon. Let's go Brandon. Let's go Brandon. Let's go Brandon. Let's go Brandon. Let's go Brandon. Let's go Brandon. Let's go Brandon. Let's go Brandon.

Chapter 14
Hunter

Let’s go Brandon. Let’s go Brandon.

Let’s go Brandon. Let’s go Brandon.

Let's go Brandon. Let's go Brandon. Let's go Brandon. Let's go Brandon. Let's go Brandon.

Let's go Brandon. Let's go Brandon.

Let's go Brandon. Let's

go Brandon. Let's go Brandon. Let's go Brandon. Let's go Brandon. Let's go Brandon. Let's go Brandon. Let's go Brandon. Let's go Brandon. Let's go Brandon. Let's go Brandon. Let's go Brandon. Let's go Brandon. Let's go Brandon. Let's go Brandon. Let's go Brandon. Let's go Brandon.

Let's go Brandon. Let's go Brandon.

Let's go Brandon. Let's go Brandon. Let's go Brandon. Let's go Brandon. Let's go Brandon. Let's go Brandon. Let's go Brandon. Let's go Brandon. Let's go Brandon. Let's go Brandon. Let's go Brandon. Let's go Brandon. Let's go Brandon. Let's go Brandon. Let's go Brandon. Let's go Brandon.

Let's go Brandon. Let's

go Brandon. Let's go Brandon.

Let's go Brandon. Let's go Brandon.

Let's go Brandon. Let's go Brandon. Let's go Brandon. Let's go Brandon. Let's go Brandon. Let's go Brandon. Let's go Brandon. Let's go Brandon. Let's go Brandon. Let's go Brandon. Let's go Brandon. Let's go Brandon. Let's go Brandon. Let's go Brandon. Let's go Brandon. Let's go Brandon. Let's go Brandon. Let's go Brandon.

Let's go Brandon. Let's go Brandon. Let's go Brandon. Let's go Brandon. Let's go Brandon. Let's go Brandon. Let's go Brandon. Let's

go Brandon. Let’s go Brandon.

Let’s go Brandon. Let’s go Brandon.

Let’s go Brandon. Let’s go Brandon. Let’s go Brandon. Let’s go Brandon. Let’s go Brandon. Let’s go Brandon. Let’s go Brandon. Let’s go Brandon. Let’s go Brandon. Let’s go Brandon. Let’s go Brandon. Let’s go Brandon. Let’s go Brandon. Let’s go Brandon. Let’s go Brandon. Let’s go Brandon. Let’s go Brandon. Let’s go Brandon. Let’s go Brandon. Let’s

go Brandon. Let's go Brandon.

Let's go Brandon. Let's go Brandon. Let's go Brandon. Let's go Brandon. Let's go Brandon. Let's go Brandon. Let's go Brandon. Let's go Brandon. Let's go Brandon. Let's go Brandon. Let's go Brandon. Let's go Brandon. Let's go Brandon. Let's go Brandon. Let's go Brandon.

Let's go Brandon. Let's go Brandon.

Let's go Brandon. Let's go Brandon. Let's go Brandon. Let's go Brandon. Let's go Brandon. Let's go Brandon. Let's go Brandon. Let's

go Brandon. Let's go Brandon.

Let's go Brandon. Let's go Brandon. Let's go Brandon. Let's go Brandon. Let's go Brandon. Let's go Brandon. Let's go Brandon. Let's go Brandon. Let's go Brandon. Let's go Brandon. Let's go Brandon. Let's go Brandon. Let's go Brandon. Let's go Brandon. Let's go Brandon.

Let's go Brandon. Let's go Brandon.

Let’s go Brandon. Let’s go Brandon.

Let’s go Brandon. Let’s go Brandon.

Let’s go Brandon. Let’s go Brandon. Let’s go Brandon. Let’s go Brandon. Let’s go Brandon. Let’s go Brandon. Let’s go Brandon. Let’s go Brandon. Let’s go Brandon. Let’s go Brandon. Let’s go Brandon.

Let's go Brandon. Let's go Brandon. Let's go Brandon. Let's go Brandon.

Let's go Brandon. Let's go Brandon. Let's go Brandon. Let's go Brandon. Let's go Brandon. Let's go Brandon. Let's go Brandon. Let's go Brandon. Let's go Brandon. Let's go Brandon. Let's go Brandon. Let's go Brandon. Let's go Brandon. Let's go Brandon. Let's go Brandon.

Let's go Brandon. Let's go Brandon.

Let's go Brandon. Let's

go Brandon. Let's go Brandon. Let's go Brandon. Let's go Brandon. Let's go Brandon. Let's go Brandon. Let's go Brandon. Let's go Brandon. Let's go Brandon. Let's go Brandon. Let's go Brandon. Let's go Brandon. Let's go Brandon. Let's go Brandon. Let's go Brandon. Let's go Brandon.

Let's go Brandon. Let's go Brandon. Let's go Brandon. Let's go Brandon. Let's go Brandon. Let's go Brandon. Let's go Brandon. Let's go Brandon. Let's go Brandon. Let's go Brandon. Let's go Brandon. Let's go Brandon. Let's go Brandon. Let's go Brandon. Let's go Brandon.

Let's go Brandon. Let's go Brandon.

Let's go Brandon. Let's go Brandon. Let's go Brandon. Let's go Brandon. Let's go Brandon. Let's go Brandon. Let's go Brandon. Let's go Brandon. Let's go Brandon. Let's go Brandon. Let's go Brandon. Let's go Brandon. Let's go Brandon. Let's go Brandon. Let's go Brandon. Let's go Brandon. Let's go Brandon. Let's go Brandon. Let's go Brandon. Let's

go Brandon. Let's go Brandon. Let's go Brandon. Let's go Brandon. Let's go Brandon. Let's go Brandon. Let's go Brandon.

Let's go Brandon. Let's go Brandon.

Let's go Brandon. Let's go Brandon. Let's go Brandon. Let's go Brandon. Let's go Brandon. Let's go Brandon. Let's go Brandon. Let's go Brandon. Let's go Brandon. Let's go Brandon. Let's go Brandon. Let's go Brandon. Let's go Brandon. Let's go Brandon. Let's go Brandon. Let's go Brandon.

Chapter 15

The 25th

Let's go Brandon. Let's go Brandon.

Let's go Brandon. Let's go Brandon.

Let’s go Brandon. Let’s go Brandon. Let’s go Brandon. Let’s go Brandon. Let’s go Brandon. Let’s go Brandon. Let’s go Brandon. Let’s go Brandon. Let’s go Brandon. Let’s go Brandon. Let’s go Brandon. Let’s go Brandon. Let’s go Brandon. Let’s go Brandon.

Let’s go Brandon. Let’s go Brandon.

Let’s go Brandon. Let’s go Brandon.

Let’s go Brandon. Let’s go Brandon.

Let’s go Brandon. Let’s go Brandon.

Let’s go Brandon. Let’s go Brandon.

Let’s go Brandon. Let’s go Brandon.

Let’s go Brandon. Let’s go Brandon.

Let’s go Brandon. Let’s go Brandon. Let’s go Brandon. Let’s go Brandon. Let’s go Brandon. Let’s go Brandon. Let’s go Brandon. Let’s go Brandon. Let’s go Brandon. Let’s go Brandon. Let’s go Brandon. Let’s go Brandon. Let’s go Brandon. Let’s go Brandon. Let’s go Brandon.

Let's go Brandon. Let's go Brandon.

Let's go Brandon. Let's go Brandon.

Let's go Brandon. Let's go Brandon. Let's go Brandon. Let's go Brandon. Let's go Brandon. Let's go Brandon. Let's go Brandon. Let's

go Brandon. Let's go Brandon. Let's go Brandon. Let's go Brandon. Let's go Brandon. Let's go Brandon. Let's go Brandon. Let's go Brandon. Let's go Brandon. Let's go Brandon. Let's go Brandon. Let's go Brandon. Let's go Brandon. Let's go Brandon. Let's go Brandon. Let's go Brandon. Let's go Brandon. Let's go Brandon. Let's go Brandon. Let's go Brandon.

Let's go Brandon. Let's go Brandon. Let's go Brandon. Let's go Brandon. Let's go Brandon. Let's go Brandon. Let's go Brandon. Let's go Brandon. Let's go Brandon. Let's go Brandon. Let's go Brandon. Let's go Brandon. Let's go Brandon. Let's go Brandon. Let's go Brandon.

Let's go Brandon. Let's

go Brandon. Let's go Brandon. Let's go Brandon. Let's go Brandon. Let's go Brandon.

Let's go Brandon. Let's go Brandon.

Let's go Brandon. Let's go Brandon. Let's go Brandon. Let's go Brandon. Let's go Brandon. Let's go Brandon. Let's go Brandon. Let's go Brandon. Let's go Brandon. Let's go Brandon. Let's go Brandon. Let's go Brandon. Let's go Brandon. Let's go Brandon. Let's go Brandon.

Let's go Brandon. Let's go Brandon. Let's go Brandon. Let's go Brandon. Let's go Brandon. Let's go Brandon. Let's go Brandon. Let's

go Brandon. Let's go Brandon. Let's go Brandon. Let's go Brandon. Let's go Brandon. Let's go Brandon. Let's go Brandon. Let's go Brandon. Let's go Brandon. Let's go Brandon. Let's go Brandon. Let's go Brandon. Let's go Brandon. Let's go Brandon. Let's go Brandon. Let's go Brandon. Let's go Brandon. Let's go Brandon. Let's go Brandon.

Let's go Brandon. Let's go Brandon.

Let's go Brandon. Let's go Brandon. Let's go Brandon. Let's go Brandon. Let's go Brandon. Let's go Brandon. Let's go Brandon. Let's go Brandon. Let's go Brandon. Let's go Brandon. Let's go Brandon. Let's go Brandon. Let's go Brandon. Let's go Brandon. Let's go Brandon. Let's go Brandon. Let's go Brandon. Let's go Brandon. Let's go Brandon. Let's

go Brandon. Let's go Brandon. Let's go Brandon. Let's go Brandon. Let's go Brandon. Let's go Brandon. Let's go Brandon. Let's go Brandon. Let's go Brandon.

Let's go Brandon. Let's go Brandon.

Let's go Brandon. Let's go

Brandon. Let's go Brandon. Let's go Brandon. Let's go Brandon. Let's go Brandon. Let's go Brandon. Let's go Brandon. Let's go Brandon. Let's go Brandon. Let's go Brandon. Let's go Brandon. Let's go Brandon. Let's go Brandon. Let's go Brandon. Let's go Brandon. Let's go Brandon. Let's go Brandon. Let's go Brandon. Let's go Brandon. Let's go Brandon.

Let's go Brandon. Let's go Brandon.

Let's go Brandon. Let's go Brandon. Let's go Brandon. Let's go Brandon. Let's go Brandon. Let's go Brandon. Let's go Brandon. Let's go Brandon. Let's go Brandon. Let's go Brandon. Let's go Brandon. Let's go Brandon. Let's go Brandon. Let's go Brandon. Let's go Brandon.

Let's go Brandon. Let's go Brandon. Let's go Brandon. Let's go Brandon. Let's go Brandon. Let's go Brandon. Let's go Brandon. Let's go Brandon. Let's go Brandon. Let's go Brandon. Let's go Brandon. Let's go Brandon. Let's go Brandon. Let's go Brandon. Let's go

Brandon. Let's go Brandon.

Let's go Brandon. Let's go Brandon. Let's go Brandon. Let's go Brandon. Let's go Brandon. Let's go Brandon. Let's go Brandon. Let's go Brandon. Let's go Brandon. Let's go Brandon. Let's go Brandon. Let's go Brandon. Let's go Brandon. Let's go Brandon. Let's go Brandon.

Let's go Brandon. Let's go Brandon.

Let's go Brandon. Let's go Brandon.

Let's go Brandon. Let's go Brandon. Let's go Brandon. Let's go Brandon. Let's go Brandon. Let's go Brandon. Let's go Brandon. Let's go Brandon. Let's go Brandon. Let's go Brandon. Let's go Brandon. Let's go Brandon. Let's go Brandon. Let's go Brandon. Let's go Brandon.

Let's go Brandon. Let's go Brandon. Let's go Brandon. Let's go Brandon. Let's go Brandon. Let's go Brandon. Let's go Brandon. Let's go Brandon. Let's go Brandon. Let's go Brandon. Let's go Brandon. Let's go Brandon. Let's go Brandon. Let's go Brandon. Let's go Brandon. Let's go Brandon. Let's go Brandon. Let's go Brandon. Let's go Brandon. Let's

go Brandon. Let's go Brandon. Let's go Brandon. Let's go Brandon. Let's go Brandon. Let's go Brandon. Let's go Brandon.

Let's go Brandon. Let's go Brandon.

Let's go Brandon. Let's go Brandon.

Let's go Brandon. Let's go Brandon. Let's go Brandon. Let's go Brandon. Let's go Brandon. Let's go Brandon. Let's go Brandon. Let's go Brandon. Let's go Brandon. Let's go Brandon. Let's go Brandon. Let's go Brandon. Let's go Brandon. Let's go Brandon. Let's go Brandon.

Let's go Brandon. Let's go Brandon.

Let's go Brandon. Let's go Brandon. Let's go Brandon. Let's go Brandon. Let's go Brandon. Let's go Brandon. Let's go Brandon. Let's go Brandon. Let's go Brandon. Let's go Brandon. Let's go Brandon. Let's go Brandon. Let's go Brandon. Let's go Brandon. Let's go Brandon. Let's go Brandon. Let's go Brandon. Let's go Brandon. Let's go Brandon. Let's

go Brandon. Let’s go Brandon. Let’s go Brandon. Let’s go Brandon. Let’s go Brandon. Let’s go Brandon. Let’s go Brandon.

Let’s go Brandon. Let’s go Brandon. Let’s go Brandon. Let’s go Brandon. Let’s go Brandon. Let’s go Brandon. Let’s go Brandon. Let’s go Brandon. Let’s go Brandon. Let’s go Brandon. Let’s go Brandon. Let’s go Brandon. Let’s go Brandon. Let’s go Brandon. Let’s go Brandon.

Let’s go Brandon. Let’s go Brandon.

Let’s go Brandon. Let’s go Brandon. Let’s go Brandon. Let’s go Brandon. Let’s go Brandon. Let’s go Brandon. Let’s go Brandon. Let’s

go Brandon. Let's go Brandon. Let's go Brandon. Let's go Brandon. Let's go Brandon. Let's go Brandon. Let's go Brandon. Let's go Brandon. Let's go Brandon. Let's go Brandon. Let's go Brandon. Let's go Brandon. Let's go Brandon. Let's go Brandon. Let's go Brandon. Let's go Brandon. Let's go Brandon. Let's go Brandon.

Let's go Brandon. Let's go Brandon.

Let's go Brandon. Let's

go Brandon. Let's go Brandon. Let's go Brandon. Let's go Brandon.

Let's go Brandon.

Made in the USA
Middletown, DE
19 December 2021